공동분모를 찾아서

공통분모를 찾아서
초판 1쇄 발행 : 2026년 3월 10일
그린이 : 이채민
글쓴이 : Cecile LEE
엮은이 : 김윤정
펴낸곳 : 스틸로그라프 Stylographe

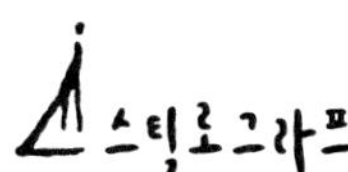

등록 : 2004년 10월 16일(제 2004-9호)
주소 : 경상북도 의성군 의성읍 북부길 58-23
전화 : 010-9391-7865 / 010-2527-7865
(+33)6 29 10 36 14
전자우편 : klaha2100@gmail.com
홈페이지 : www.stylographe.org

ISBN 979-11-988232-3-6 03800

값 28,000원

민화를 만난 시집

공통분모를 찾아서

민화 이채민
시 Cecile LEE

목차

이야기를 담다

동그란 두 눈에 세상이 비치니
작은 발바닥에 모험이 묻어나고
풀잎 사이로 스미는 바람 너머
나비의 춤도 놓치지 않으려는 눈빛

꼬리는 바람결 따라 구름 따라
초록 숲은 거대한 놀이터
나무 위 새소리도 비밀처럼 신기해
한 걸음 두 걸음 호기심이 길을 열어주네

아직은 작고 서툴지만
가슴 속엔 커다란 호랑이의 맥박이 뛰고
무서움 대신 설렘을 안겨주니
아기 호랑이야 세상을 향해 달려가라

넘실 춤추는 구름의 품 속에서
날개 같은 붉은 기운이
아기 호랑이를 감싸며 속삭이네
너는 숲의 아이 하늘의 전사

너의 눈동자 속엔
아직 피어나지 않은 숲의 이야기가 담겨 있으니
아기 호랑이야 구름 너머로 뛰어올라
세상을 밝히는 노래를 부르렴

조용한 애정

낡은 바위처럼 거친 바닥 위에
몸을 감추는 어미 호랑이
초록빛 눈동자 속
동심으로 돌아가 춤을 출뿐

어미 호랑이는 무섭지 않아
그 깊은 눈 속에 숨은 건
그 어떤 두려움도 공격도 아닌
조용한 사랑과 고요한 경계

얼룩무늬 가죽은
시간의 이야기를 새긴 듯
한 가닥 미소 속에는
숨겨둔 용맹이 빛난다

커다란 눈이 밤을 헤치며
어둠 속에서 길을 찾는 건
어린 새끼들을 위해
혹시라도 사라질까 두려워

뒤돌아보며 걷는 어미 호랑이
그 눈빛에 담긴 세상은
단단한 땅도 험한 길도
그저 지나쳐 가는 것일 뿐

무섭지 않은 어미 호랑이
숲의 비밀을 품고
세상에서 가장 강한 사랑을 품고
그 여백 속에 나를 두고 간다

길다 하였던가, 짧다 하였던가

인생은 길고도 짧다 하는데
끝없이 펼쳐지는 길 위에서
걸음마다 깊어지는 발자국에
어디로 가고 있는지 모르네

인생은 화려하고도 허무하니
별빛처럼 반짝이는 순간들
하지만 그 빛이 사라지면
남는 것은 그림자뿐

그 발자국이 쌓여갈 때마다
누구도 모르게 더 무거워지지만
그 속에 꿈과 희망을 싣고
우리는 계속해서 걸어간다

탄생과 죽음의 의문들
끝없는 물음표가 떠오르고
우리의 존재는 작은 점처럼
우주 속에 흔적도 없이 사라질까

하지만 그 의문 속에서도
우리는 사랑하고 웃고 울며
알듯하면서도 모르는
이 길을 걸어간다

그 길 위에서 우리는
그 무엇보다 값진 순간들을
찾아가고 있음을
어쩌면 이미 알고 있는지도 모른다

그렇게 길에서

나와 너 그리고 그
서로 다른 길을 걷지만
우리는 친구가 되어
숲 속으로 들어간다

바람 속에 울리는 나뭇잎 소리
그 속에서 우린 서로를 찾아
같은 숨을 쉬며
자연의 노래에 귀 기울인다

오늘의 햇살은 따사롭고
내일은 알 수 없지만
그때 그때 우리 함께라면
모든 것이 자신있다

숲의 깊은 속삭임
나무와 풀들이 함께 부르는 노래는
언제나 변함없이
우리를 감싸 안아준다

친구와 함께 걷는 이 길
어느때인가부터 손을 맞잡고
오늘의 발자국을 남기며
내일을 향해 나아간다

그 어떤 어려움이 와도
우리는 두려워하지 않으리
우린 함께이고
그 길은 언제나 빛날 테니까

누구나 혼자니까

홀로 서 있는 이 길 위
고독은 나를 감싸고
사념은 바람처럼 흩어져
내 마음 속을 스쳐간다

뒤돌아보면
그 흔적들이 남아 있지만
그 모든 길이
내 발자국을 새긴 시간들
후회는 없다

그저 지나온 길일뿐이니
고독 속에서 나는
더욱 강해지고
사념은 결국 사라지니

나는 다시 걸어간다
후회 없는 발걸음으로
새로운 내일을 향해 홀로
그 어떤 비움도 두렵지 않다

내 안에 살아있는 힘과
그 무엇도 가질 수 없는 평온함이
나를 이끌고 있으니
뒤돌아보며 나는 깨닫는다

그 모든 순간들이
나를 만들어 왔길래
후회 없이
이제 나는 길을 계속 간다

또 그리운 엄마

엄마의 품 속에서는
자식은 언제나 장난꾸러기
작은 손길이 이리저리
사랑의 입김을 탄다

소리 높여 웃으며
장난을 치는 그 모습에
모성애는 깊어지고
그 마음은 따뜻한 온기 속에 잠긴다

자식은 세상에서 가장 소중한 선물
그 어떤 어려움도
그 어떤 고뇌도
그 웃음 앞에선 사라져버린다

엄마와 함께한 시간
그저 마주 보아 가며 걷는 그 길에는
세상이 다 담겨 있고
더 부러울 게 없어라

엄마의 사랑은
시간을 넘어
영원히 내 안에 살아있지만
그립고 그립고 또 그리운 엄마

이웃과 함께 살기

새해가 오면
새로운 꿈이 피어나고
이웃의 웃음소리가
하늘을 가르며 퍼진다

어디선가 들려오는 말들
새해 복 많이 받으세요
그 안에 담긴 마음과 배려
우리는 모두 서로의 일부처럼

가족이란 이름으로
손을 잡고 걸어가며
같은 시간 속에서
같은 하늘을 바라본다

이웃이란
바람결처럼 가까운 사람들
우리는 함께 살고 함께 나누며
서로의 따뜻한 온기를 품는다

우리 모두의 마음과 생각이
하나로 이어지는 순간
가족과 이웃 함께 살아가는
그 길이 더욱 빛나는 날이다

그래, 그럴거야

모란이 필 무렵이라고 했던가
그 화려한 꽃잎이
봄바람에 춤출 무렵이라고 했던가
그리운 친구가 환하게 찾아올 거라고

자연이 조화를 이루듯
모든 것이 제 자리를 찾고
빛과 어둠이 함께 어우러지듯
우리의 우정도 환하게 어우러질거라고

하늘은 푸르고
땅은 따스하니
모란은 그 사이에서
자유의 한 조각으로 피어날 거라고

자유가 피어나면
그 속에는 우주의 이치가 흐르고
내 어린시절에는 몰랐던
모든 것이 순리대로 돌아갈 거라고

별들이 반짝이고
바람이 속삭이듯 지나가면
모란은 그 모든 리듬을 따라
자연과 하나가 될 거라고

우주의 이치는
그저 흘러가는 대로
모란의 향기 속에서
나는 그 조화의 일부가 될 거라고

우주와 자연 그리고 나
모두 같은 흐름 속에서
살아가고 있다는 것을
그 순간 깨달을 거라고

만남은 이별의 시작

기쁨의 탄생은 슬픈 죽음의 시작
새로운 빛이 태어날 때
어둠의 그림자도 함께 자라나
우리는 그 둘을 동시에 안고 살아가지

행복한 만남에 그 따스한 눈빛 속
서로를 향한 마음이 피어날 때
이별의 그림자가 이미 다가오며
행복도 잠시 그 끝을 알게 되지

봄의 향기 속에 만났기에 우리는
꽃잎처럼 부드럽고 따스한 약속하며
햇살 아래 손을 잡고 걷던 길에서
모든 것이 새롭게 시작된 듯 했었지

하지만 가을이 찾아오면
노란 잎들이 하나둘 떨어지고
우리의 마음도 서서히 변해가며
이별을 준비했었지

봄과 가을 사이 그 짧은 순간
우리는 서로의 시간을 나누었고
이제는 그리움만 남은 채
차가운 바람 속에 아픈 이별을 맞이하지

만남과 이별은 봄과 가을처럼
어느 하나 고요하지 않으니
그 속에서 우리는 살아가며
다시 만날 날을 기다리는 것이지

허무한 생명, 허망한 삶

슬기로움을 품어도
허무함은 늘 곁에 머물고
지혜를 찾아도
세상은 끝없이 변해만 간다

그럼에도 우리가 걸어가는 길
빛과 그림자 사이에서
평온을 찾을 수 있기를
무상함 속에 살아가는 법을 배우며

허망한 삶의 길 위에 남은 발자국
그저 지나가는 바람 속에 사라져
희망을 품고 꿈을 안고 걸었지만
끝내 손에 쥔 것은 허공만이었네

별빛을 따라가며 속삭였던 꿈
짧은 빛을 품고 소리 없이 꺼져
세상은 무심하게 흘러가고
우리는 그 안에서 흔들리며 떠돈다

허무한 생명들이 죽고 또 태어나고
우리의 노래는 흩어지고
끝없는 바다처럼 끝없는 하늘처럼
그 무엇도 남지 않음을 알게 된다

하지만 그리움과 아픔 속에서도
우리는 다시 일어나 걸어가며
허망하더라도 그 길을 묵묵히
걸어가는 용기를 찾는 것이다

난 이제

빈 산에 비 뿌리더니
소나무 사이로 보름달이 둥실
바위 위로 흐르는 물은 눈부시고
봄내음 따라 난 이제 홀로 설 수 있으리

소란했던 대나무 숲에도 고요함이 찾아오고
일렁이는 강물따라 방황하던 내 젊음도
미풍이 들풀 어루만지는 강 언덕에
하늘 높이 돛 세우고 평온히 쉰다

밤하늘에 별들이 하나둘 눈을 뜨고
그 빛 속에서 내 마음도 가라앉아
흘러가는 구름 속에
내일의 길을 묻는다

그러나 오늘은 이 고요한 숲 속에 묶여
자연의 숨결을 깊이 느끼며 숨을 쉬니
소나무 바람에 흔들리는 마음
그 속에 잃어버린 시간들을 되돌아본다

내 안의 소리를 들을 수 있기를 바라며
고요한 바위 위
물결에 따라 흘러가며
이제 나는 무엇을 찾고 있는지 묻게 된다

모든 것들은 한 순간의 찰나
나는 그 찰나 속에 살아있다는 사실을
마음 깊이 새기며
내 길을 찾으려 한다

그때까지 나는

낮이 너무 짧아 애석했던 옛 사람들은
등촉을 밝혀 놀면 된다고 했는데
긴 하루를 보낸 나는
달빛 등촉삼아 님을 기다리네

밝은 달빛 물보라에 허옇게 드러난 내 흰머리
맑은 빛에 드러난 서글픈 현실
그 속에 숨어 있는 그림자들
님을 기다리다 그림자들과 친우하네

내 마음은 그늘을 따라 길을 잃고
어둠 속에 또 하나의 나를 찾고
밤이 깊어서 달이 구름 뒤로 들어가니
소리 없이 흐르는 시간만 남네

기다리던 님은 아득해 가고
내 손의 빈 잔만 소리 없이 흔들리네
그때 달빛이 전해주는 말이 있으니
기다림이 끝난 후엔 또 다른 날이 올 것이다

그 말에 나는 다시 일어서서
어둠 속에서도 그 빛을 따라 가네
밤은 끝나고 새벽은 오겠지
그때까지 나는 기다릴 것이다

이따금 돌아올 그 날

벗이 과일 한 가득 찻상 장만하여
나를 그의 농가로 불렀기에
머언길 환하게 뛰어왔네
마을엔 푸른 나무들이 연이어
흐드러진 봄날처럼 웃고 있었지

마을 너머엔 파란 산들이 가로 뻗어
끝없이 펼쳐진 자연의 품
창을 열면 넓은 채마밭에
땅과 하늘이 하나 되어 숨 쉬었지

찻잔을 들고 농사 일을 말하며
그의 얼굴엔 근심도 기쁨도 묻어나
우리는 시간의 흐름 속에서
서로의 이야기를 나누었지

올 가을 추석에는
다시 돌아와 포도 송이송이 보라며
그의 말 속에 숨은 기다림을 느끼며
마음 한 구석에서 그리움이 자란다

친구와 함께한 이 하루는
시간의 흐름을 잊게 하고
이따금 돌아올 그 날을 기다리며
우리의 우정은 포도송이처럼 피어난다

다시 떠날 길을 묻고 있다

빈 산에 가을비
쓸쓸히 내리며 길을 막고
소나무 숲엔 달빛만 비추고
바위 위 물은 맑고 고요하다

그대 지나간 발자국 속에서
잃어버린 시간을 떠올리며
대숲에 바람은 소리없이 흩어지고
연잎은 그저 흔들릴 뿐이네

봄풀은 봄을 지나니 죽어가고
여름꽃은 사라져 버린 꿈처럼
이곳에 아른거리고
다시 돌아올 그 날은 없다고 한다

그러나 비가 내린 빈 산에서
우리는 아직도 무엇을 기다리는지
그 물소리와 바람 속에 묻히며
이 고요한 슬픔을 함께 품고 살아간다

대숲은 고요히 숨을 죽이고
고깃배는 물결을 가르며
연잎은 그 위를 떠도는 바람을 타고
이름 모를 이야기를 담아 간다

나는 여전히 이 자리에 서서
끝내 사라져 버린 것들 속에서
그 속에서 나는 오늘도
다시 떠날 길을 묻고 있다

인연의 노래

하늘에 묵묵히 길을 묻고
땅에 유유히 그 길을 따라 가니
우리의 발자취는 한 줄기 바람
흐르고 흩어졌다 다시 만나는 것

인연은 실처럼 이어져
보이지 않지만 느껴지니
어떤 모습으로든
조용히 우리의 삶을 엮어 가는 것

삶의 이치는 복잡하면서도 단순하니
그저 흐르는 대로
하늘과 땅이 맞닿은 곳에
모든 것이 하나로 어우러지는 법

허무함이란 거울에 비친 그림자
우리는 그 안에서 무언가를 찾아서
걸어가고 또 다시 멈추니
조화 속에서 살아간다

흩어지는 존재 속에서 사랑을 나누고
그 무엇도 영원하지 않음을 알기에
우리는 여전히
한 걸음씩 나아간다

그 길에서 꿈꾼다

하늘은 빛을 내려주기도 하지만
그늘도 드리우고
땅은 생명을 내어주기도 하지만
죽음으로 돌아가는 곳이니

세월은 옛골에서 온다한들
시간은 새로워져 흐르니
우리의 발걸음은 그 속에 녹아들고
삶의 이치 속에서 끝없이 이어진다

인연이란 물이 흐르는 강처럼
끊임없이 변하지만
끝없이 이어지는 그 길에서
우리는 무엇을 찾을 수 있을까?

삶의 이치 속에서
혼돈이 아닌 조화가 길을 만들 때
우리는 그 속에서 균형을 맞추고
그리운 얼굴을 다시 만날 수 있기를 꿈꾼다

허무함은 더 이상 두려워 말고
그 끝자락에서 새로운 시작을 보며
하늘이 흐르고 땅이 변하는
그 속에서 우리는 빛을 찾는다

이 인연이 길어질 수 있다면
그 길은 결국 우리를 하나로 모을 것이니
우리는 서로의 그늘이 되고
서로를 비추는 빛이 될 것이다

공자왈

묵묵히 걸어가는 길에
누구도 나를 재촉하지 않지만
내 발자취는 성큼 깊어만 가고
시간을 잃고도 여전히 나아간다

배우는 일이 나의 숨결처럼 자연스럽고
남을 깨우치는 일이 지치지 않는 것은
다른 사람 속에서의 나의 빛이
서로를 비추며 성장하기 때문이다

그 누구도 모르게 작은 불씨 하나가 되어
세상의 어둠을 밝히는 일이 즐거우니
어떤 화려한 목적도
어떤 커다란 소리도 필요 없다

그저 내가 가는 길에
가만히 스며드는 배움이 있다면
그리고 그 배움이 빛을 발한다면
그것이 바로 나의 삶의 전부이다

내가 깨우친 것을
다시 나누고
그 속에서 다시 배우는 것
그것이 나의 삶의 이치가 된다

모든 것이 흐르고 변해가지만
배움과 깨침의 순환은 멈추지 않으니
공자왈
배우고 또 익히니 어찌 즐겁지 아니한가?

색의 노래

그 색은 자연을 담고
하늘과 땅 바람이 속삭이는 대로
봄의 연두 여름의 푸름
겨울의 차가운 흰빛으로 다가온다

그리고 그 새는 자연 곁으로
붉은 꽃이 피고
노란 햇살이 쏟아져 내리는 곳으로
생명으로 다가온다

그 안에서 나는
내면의 여운을 찾으러
색의 말을 듣고
새의 빛을 그린다

그리움은 녹색의 잎사귀가 되어
차가운 겨울에는 그리운 여름을 꿈꾸고
가을의 황금빛 속에서
한층 더 깊어간다

모든 색이 하나로 얽히면
그 안에서 나는
계절을 지나며 내면을 만나러
조용히 늙어간다

그 색은 봄이나 여름을 넘어서
내 감정 속에 살아 숨 쉬고
세상을 색으로 가득 채운 후
그 너머의 그리움을 이야기한다

동면에서 깨어나다

동면 속 꿈틀거리다가
차가운 얼음 속에서 만난 봄의 손길은
신산스럽고 적막한 풍경 속에서
자연의 얼어붙은 심장을 어루만져 준다

탈속적 공간에서 겨울의 끝에서
머물렀던 시간이 깨어나 뻗어간다
과거의 기억은 현재로
미래의 시간은 아직 오지 않은 순간으로 뻗어간다

그렇게 봄의 생명양상은
자연의 내면을 응시하고
차가운 겨울을 밀어내며
미래로 뻗어가는 생명을 만들어낸다

생명의 힘이 얼어붙은 겨울을 넘어오니
앙상한 가지들은 이제
사투를 벌이듯 꿈틀거리며
새로운 생명이 태어날 순간을 준비한다

겨울나무의 찬란한 싸움은
끝나지 않은 시간의 흐름 속에서
차가운 철조망을 뚫고
다시 태어날 생명의 메시지를 전한다

동면하던 나무들은
시련과 절망 속에서 싸우다 얼어버린 나무들은
봄이 다가오는 기운을 느끼며
새로운 생명 탄생을 이야기한다

고독의 진통들

말하기도 듣기도 꺼려하는 날들이 많아지니
모든 소리가 사라지고
차가운 벽들이 나를 둘러싸더니
나는 이 세상에 홀로 남았다

고독은 내가 스스로 선택한 그림자
내 안에서 움켜쥐고 싶은
말로 할 수 없는 깊은 여운
나를 향한 끝없는 질문

어쩌면 고독은
내 마음 속 가장 진실된 곳에
오래전부터 살고 있으면서
나 자신을 마주하는 시간을 기다렸을지도

고독은 세상과 나를 연결하는
가장 깊은 순간
내가 나에게 들려주는
가장 진실된 이야기

그렇게 나는 고독 속에서
내 안의 빛을 찾으며
그 속에서 나만의 작은 섬을 찾아서는
내 자신을 더욱 선명히 심는다

외로움은 깊은 바다 속
어두운 물결을 헤치며
한 걸음씩 걸어가니
내가 잃어버린 것을 되찾게 한다

하나의 언어

자유는 길목에 서서
내면 깊은 곳을 바라본다
억눌린 숨결 속
움켜잡을 수 없는 공기처럼
날갯짓을 꿈꾸는 마음

우정은 그 길목을 지나며
서로의 손을 잡고
수많은 갈림길을 헤매는 동안에도
믿음의 길을 놓지 않는다

그 무엇보다 진실은
우리가 걸어온 길 위에
조용히 피어나는 꽃처럼
진심이란
말로 다할 수 없는
서로의 눈빛 속에 숨은
하나의 언어

우리는 교차로에서 만난다
때로는 다른 길을 가야 할 때도 있지만
여전히 같은 하늘을 바라보며
같은 별을 꿈꾼다
그곳에서
서로의 내면을 열어가며
서로를 알아간다

그리고
그 모든 길 끝에서
자유는 우리가 함께 걸어가는 길이란 것을
알게 된다
우리는 그 길목에서
다시, 다시 만날 것이다

과거를 돌아보지만

기억의 조각들이 흩어져
내 마음 속을 떠돈다
그 안에서 꿈이 자라나고
현실은 그 꿈을 의심케한다

냉혹한 세상은 그 꿈을
조용히 깨트리려 한다
과거는 먼 그림자처럼
나를 따라오고
미래는 그 그림자의 앞에
서성인다

시간의 사이에서
나는 길을 잃고
어디로 가야 할지 모른다
꿈은 나를 자유로이 이끌지만
현실은 그 자유를
손끝에서 빼앗는다

나는 그 두 세계 사이에서
하나씩 떠오르는 기억의 조각들을
모아가며
어쩌면 다시 꿈을 꾸기 위해
현실을 버려야 하는 걸까?

냉혹한 세상은 잔인하게
모든 것을 지워가지만
과거와 미래의 경계에서
나는 여전히
새로운 꿈을 꾸기 시작한다

시간의 틈 사이에서

기억의 조각들이 흩어져
내 마음의 구석구석에 남는다
과거의 잉크는 아직 선명하고
미래는 안개처럼 흐릿하다

두 시간의 틈에서 나는
나를 잃어버린 채
꿈과 현실 사이를 떠돈다
꿈은 내게 날개를 달아주지만
현실은 그 날개를 꺾어버린다

냉혹한 세상에서 살아남기 위해
나는 때때로 내 꿈을
숨겨야만 한다
그렇지 않으면
세상은 나를 삼켜버릴 테니까

그럼에도 불구하고
기억의 파편들이 비추는 빛을
따라가며
나는 다시 한번
꿈을 꾸기 시작한다

이 길의 끝은 어쩌면
내가 만들어가는 현실일 것이다
냉혹한 세상도
내 꿈을 삼킬 수 없고
과거와 미래는
같은 시간 속에서
서로를 만날 것이다

길 위에서 만난 시간

기억의 조각들이
내 발걸음을 따라 흩어지지만
과거의 잔상들이
내 마음 속에서
작은 불꽃처럼 타오른다

하지만 그 불꽃도
곧 차가운 현실에 의해
꺼져버린다
꿈은 나를 부르고
끝없는 하늘로 날아가라고 한다

과거와 미래는
서로 다른 시간을 품고
서로를 마주 보며
끝없이 쫓고 쫓긴다
시간은 그 사이를 가르며
흘러가지만
나는 여전히 그 끝을 알지 못한다

한 걸음 한 걸음
기억의 조각들이 나를 이끌고
미래의 불투명한 길을 향해 나아간다
그러나 현실이 그 빛을 가릴지라도
나는 그 길을 포기하지 않는다

기억의 조각들 속에서
나는 계속해서
다시 꿈을 꾸고
새로운 현실을 만든다

지금, 여기서

기억의 조각들 속에서
나는 한 걸음 한 걸음
과거로부터 밀려난다
그 잃어버린 시간들이
내 몸에 새겨진 흔적처럼
살며시 떠오른다

냉혹한 세상은 내 발끝을 붙잡고
진정한 자유는 언제나
멀리만 보인다
과거는 나를 붙잡고
미래는 나를 밀어낸다

그 사이에서 나는
하나의 실핏줄처럼
서로 교차하는 시간 속을
흘러간다
그 흐름에 몸을 맡기며
또 다른 길을 꿈꾼다

그 길 위에서
기억은 점점 더 멀어지고
꿈은 여전히 내 앞에 남아
불완전한 현실 속에서
희미한 빛을 비춘다

나는 그 빛을 따라가며
지금, 여기서
내 미래를 만든다
그리고는 나는 계속 걸어간다
어떤 시간도
나를 멈출 수 없다

길목에서의 대화

자유는 그 길목에서 나를 기다린다
가슴 속 깊은 곳에서
어떤 소리가 울려 퍼진다
너는 누구인가?
그 물음은 너무도 간절하다
하지만 나는 아직 그 답을 모르고
길목에서 서성일 뿐이다

우정은 내 옆에서 손을 내민다
함께 가자라며
그 말 속에는
수많은 갈림길을 지나온 이야기들이 담겨 있다
하지만 그 길을 따라 가면
진실은 언제나 눈을 뜨기 전에
어느새 모습을 감추어 버린다

그래도 나는 믿는다
우정이란 진실을 덮지 않으리라는 것을
진심은 내 내면의 깊숙한 곳에서
조용히 흘러나온다
언제나 나를 비추는 등불처럼
내가 길을 잃을 때마다
다시 나를 일으킨다

그리하여 나는
이 길목을 지나
새로운 길로 나아간다

나는 안다

모든 길이 나를 가두고
그 속에서 나는
자유를 찾으려 애쓴다

우정이 다가와 내 손을 잡으며
함께 가 주며
대화상대가 되어준다
그 말에 담긴 따뜻한 온기
그 온기는 잠시 내 마음을 녹인다

하지만 그 길도 결국은
어떤 교차로로 이어지리라
그곳에서 우리는 또 다른 선택을 해야 한다
진실은 그 길목에서
조용히 나를 지켜본다
언제나 그 자리에 서 있지만
쉽게 다가갈 수 없는
조금은 차가운 그 존재

나는 그 진실에 눈을 감을 수 없지만
그 진실이 내 마음을 상처 입힐 때마다
그 상처 속에서 나는
새로운 힘을 찾는다

이 모든 길목에서
우리는 함께 서 있다
자유, 우정, 진실, 진심
각각의 길이 다른 방향으로 이어져 있지만
그 교차로에서 나는
내가 걸어야 할 길을 안다

꽃은 지고 또 피겠지만

꽃은 지고 또 피겠지만
그 한 철의 눈부심은
다시는 그대로 오지 않는다
햇살에 물든 그 날의 붉은빛
바람 따라 흩날리던 향기
마주 보며 웃던 너의 눈동자까지
모두, 그때 뿐이다

사람은 말하지
괜찮아, 또 피니까
하지만 나는 안다
같은 봄은 두 번 오지 않는다는 걸

시간은 돌고
계절은 돌아오고
꽃은 다시 피지만
그 자리엔 다른 내가 서 있다
그래서 나는 오늘을 껴안는다
지는 꽃잎을 애써 모아
마음 한구석에 눕힌다
그 기억만은
다시는 피어나지 않을 테니까

지나간 건 지나간 대로
피는 건 피는 대로 두며
나는 오늘도 배우고 있다
지는 것의 고요한 아름다움
그리고 다시 피어날 삶의 용기를

묶이지 않는다

묶이지 않는다
나뭇가지에도 벽에도 이름에도
나는 오직 나일 뿐
바람처럼 스치고 사라지며
다시 돌아온다
누가 길이 아니라 말해도
나는 길 바깥의 들꽃을 따라 걷는다
종이 위의 계획보다
구름 위의 상상이 더 소중하니까

소유하지 않는다
하지만 모든 것을 스쳐간다
머문 자리는 아무것도 없지만
내 흔적은 마음에 새겨지니
세상은 자꾸 틀을 만들고
나는 자꾸 틀을 부순다
때로는 외롭고 때로는 두렵지만
그래도 날개가 있다면 나는 날 것이다

새장 속 노래보다
들꽃 사이를 나는 한 마리 새가 되고 싶다
부서지더라도
내가 택한 하늘 아래서
구름을 베고 잠드는 날이 있어도
그건 내 선택의 안식
이 길이 끝이라 해도
나는 다시 떠날 것이다 미련 없이
나를 바람이라 부르지 마라
나는 그저
자유롭고 싶은 한 영혼일 뿐이니

도시를 떠나라

도시의 시계 바늘에 쫓겨
하루가 어떻게 흘렀는지도 모른 채
나는 내 안의 나를 잃어갔다
그래서 결심했다
콘크리트 대신 흙을 딛고
유리창 대신 하늘을 열고 살기로
전원에 묻혀 살리라

새소리에 귀 기울이며
바람에 말 건네며 하루를 시작하리라
한 평의 텃밭엔
내 손으로 심은 상추가 자라고
장독대 옆 고양이는
햇살을 배고 늘어진다
비 오는 날엔
빗소리를 벗 삼아 책을 읽고
눈 내리는 겨울 밤엔
장작불 앞에서 침묵을 즐기리라
가끔 들꽃에게 안부를 묻고
느티나무 그늘 아래 잠시 누워
시간이라는 것이
얼마나 조용히 흐르는지 느끼며 살리라
노을 지는 저녁이면
마당 끝에서 닭들이 집으로 돌아오고
피곤한 하루를 마친 바람이
지붕 위에 살포시 앉는다
그리고 나는
하루의 마지막 빛을 따라
감사와 평안 속에 두 손 모으리라

혼자라는 이 고요

말 없는 숲길을 걸으면
한발 한발 내 안의 소음이 가라앉는다
나무는 묻지 않고
바람은 답을 재촉하지 않는다
혼자라는 이 고요
이곳의 고독은
내 안을 비추는 맑은 거울 같다
나는 아무 말 없이 앉아
자연이 들려주는 오래된 이야기를 듣는다
그 속엔 욕심도 비교도
성급한 다툼도 없다
여기선
모든 존재가 있는 그대로 살아 숨 쉰다

아무도 없는 이 한적함 속에서
나는 처음으로
진짜 나를 만난다
지금 이 순간
고독은 외로움이 아니라 자유가 된다
누구에게도 설명하지 않아도 되는
이 평온함 속에서
나는 처음으로
내 마음을 온전히 안아보았다
아무도 없기에
나는 나를 더 깊이 사랑할 수 있었고
아무도 묻지 않기에
나는 조용히 웃을 수 있었다
이제 나는 안다 진정한 평화는
떠들썩한 위로가 아닌
말 없이 곁에 있어주는 고요 속에서 온다는 걸

그 너머를 향한 항해

삶은
단순히 숨을 쉬는 일이 아니었다
그건 매 순간
보이지 않는 것을 향해
작은 노를 젓는 일이었다
빛은 찰나였고
어둠은 오래 머물렀지만
어쩌면 우리는
어둠 속에서 더 많이 배웠다
상처로 인해
사랑을 알게 되었고
잃음으로 인해
가짐의 의미를 배웠다

사람들은
행복을 쫓다 지치고
진실을 말하다 외로워진다
그러나 그 고요한 외로움 속에서
비로소 자기 자신을 만난다
삶은 질문이다
나는 누구인가 라는 물음에
끝내 정답을 찾지 못하더라도
그 물음을 품고 살아가는 것
그것이 삶이었다

우리는 흙에서 와서
흙으로 돌아가지만
그 사이에 피운
하나의 작은 꽃
그게 우리의 흔적이리라

사이의 순간

시작은 늘 조용했다
누군가의 숨결처럼
빛보다 먼저 다가오는
작은 떨림이었다
삶은 그 시작에 줄을 잇고
끝을 향해 걸음을 옮긴다
모든 만남은 이별을 향하고
모든 꽃은 지기 위해 피어난다

과거는 등을 돌린 기억이 되고
미래는 얼굴 없는 가능성으로
우리 앞에 서 있다
그러나 결국 우리가 살아가는 건
오직 지금이라는
가는 선 하나일 뿐
그 선 위에
사랑도 있었고
눈물도 있었고
말하지 못한 수많은 마음들이 있었다
모든 것이 흘러가는 것처럼 보여도
그 속에는 멈춰 있는 진실이 있다

시작과 끝은 맞닿아 있고
생과 사는 한 몸이며
과거와 미래는
지금 이 순간에 포개어져 있다
그래서 나는 오늘
두 손 모아
이 작은 순간을 끌어안는다
이 찰나 속에
모든 것이 있으므로

현재라는 꽃잎 하나

어제는
이미 저문 기억의 그림자였고
내일은
아직 오지 않은 이름 없는 바람이다
하지만 현재는
현재만은
내 손 안에 살포시 놓인
따뜻한 온기 하나
빛이 드는 창가
묵묵히 내 곁에 머무는 고요한 숨결

나는 문득
지금이 얼마나 귀한 순간인지
가슴으로 느낀다
작은 말에도 마음을 담고
짧은 시간에도 정성을 담아
지금을 다해 살아내고 싶다
누구를 위해서가 아니라
나 자신을 위해서
어쩌면
이 순간은 다시 오지 않을지도 모르니까
조금은 흔들려도
조금은 아파도
이 순간이 나를 살아 있게 하니까

아주 작고 여린
지금이라는 꽃잎 하나
나는 오늘
그 위에 조용히 내 마음을 눕힌다

아무 말없이 나를

어느 날은 모든 것이 무의미해 보인다
의미를 찾아 헤매던 말들은
텅 빈 벽처럼 되돌아와
내 안에서 부서진다
왜 살아야 하는지
어디로 가고 있는지
묻고 또 물어도
돌아오는 건
더 깊어진 침묵뿐

그러다 문득
따뜻한 찻잔 하나
책장 사이에 숨어 있던 옛 엽서 한 장
우연히 들은 노래 가사 한 줄이
내 안의 거친 상처를 어루만진다
그 조용한 것들이
나를 살게 한다
누군가의 짧은 안부
비 내린 뒤 젖은 흙 냄새
햇살이 어깨를 토닥이는 오후
그 어떤 말보다 정확하게
괜찮다고
아직 살아 있다고
속삭여 주는 것들

크고 찬란한 기쁨은
쉽게 사라지지만
작고 둔중한 것들은
오래 남는다
그래서 나는 오늘도
소소한 것들에 몸을 기댄다

소소하지만

세상이 너무 커서
내 마음은 자주 작아졌다
거창한 꿈은 멀기만 하고
위대한 말들은 내게 낯설었다
그러다 문득
아무도 보지 않는 저녁의 창가에
노을이 조용히 기대어 있을 때
나는 알게 되었다
행복이란
누가 증명해주는 진리가 아니라
내 안의 작은 숨결 하나로도
충분하다는 것을

세탁기에서 갓 나온 따뜻한 수건
익숙한 찻잔 속 맴도는 김
비 오는 날 잠시 멈춰선 발걸음
그 모든 사소한 것들이
나를 지탱해주고 있었다
사라지는 건 빠르고
남는 건 희미하지만
지금 이 찰나에 깃든 고요한 감정은
어쩌면 영원보다 깊었다

나는 이제 묻지 않는다
어디까지 가야 행복하냐고
그저
내 안에 피어오르는 미소 하나
그것이면 충분하다고 믿는다

무게 없는 것들의 무게

삶이란
짐처럼 어깨를 누르며
천천히 나를 늙게 만든다
희망조차 때로는
무례하게 무거울 때가 있다
세상은 말한다
크고 단단한 것을 좇으라 하지만
나는 아주 작고 연약한 것들에서
숨을 돌린다

말없이 끓는 주전자
혼자 켜놓은 스탠드 불빛
식탁에 놓인 식은 빵 조각
누군가 보기엔 무의미한 그것들이
내가 버티는 이유다
가벼운 것들만이
내 마음을 지탱해줄 수 있다는 진실은
너무도 뒤늦게 깨닫게 된다
슬픔도 기쁨도
그저 지나가는 바람 같은데
내게 남는 건 결국
쥐고 있던 찻잔의 온기
작은 웃음
아무 말 없는 평화였다

이제 나는
거대한 행복을 원하지 않는다
그저 무너지지 않게 해주는
소소한 것들—
그 고요한 무게를 안고
살아내고 싶다

세상이 나를

세상이 나를 몰아세우는 날들이 있다
무언가를 증명하라 말하고
더 빨리 더 높이 더 멀리 나아가라며
끝없이 등을 떠미는 날들
그럴 때마다 나는 조용히
저녁을 기다린다
세상의 외침이 멀어지고
시간이 느릿하게 흐르기 시작할 즈음
불 꺼진 부엌 한편에 앉아
묵직한 찻잔을 두 손으로 감싼다
김 서린 유리창 너머로
천천히 어둠이 내려앉고
나를 몰아세우던 것들 또한
조금씩 제 속도를 늦춘다

나는 안다
이 소소한 순간들이
얼마나 많은 밤을
나로 하여금 무너지지 않게 했는지를
거창한 성공보다
뜨거운 사랑보다
소리 없는 이 고요가
오히려 나를 더 깊이 어루만졌고
숨 막히는 하루의 틈바구니 속에서
숨 쉴 구멍을 내어주었다

삶은 때로 거칠고 잔인하지만
그 속에서 내가 발견한 것들은
작고 조용했으며
그러기에 더욱 단단하고 확실했다

묵향의 저녁

삶이 내 어깨 위로
천천히 내려앉는
한 생을 걸어온 발자국마다
비로소 침묵이 깃든다
나무들은 더 이상 자라지 않지만
그늘은 넓어졌고
손때 묻은 찻잔 하나로
오랜 이야기를 우려낸다

문득 친구가 도착한다
말없이 들어선 마루
무언의 인사 속에
삶의 무게가 서로 기댄다
젊은 날 우리는
불빛을 좇아 달렸고
많은 것을 얻고 더 많은 것을 잃었다
이제는 바람결 하나에도
무언가를 깨닫는다
전원은
단순함이 아니다
허무를 견뎌낸 자에게 주어지는
마지막 연회의 상이다

우정이란
기억을 더듬지 않아도
함께 늙어가는 것
침묵 속에서도 이어지는
존재의 확언이다

침묵의 동행

우리는 말이 줄었지만
이제 더는 침묵이 어색하지 않다
삶의 쓴맛을 알아버린 자들만이
나누는 눈빛의 깊이가
말보다 무겁다는 것을 알기에

기억은 점점 구불구불해지고
몸은 자주 그늘을 찾는다
그러나 우리는 안다
시간이 훔쳐가지 못하는 것이
무엇인지
젊음은 불꽃처럼 사그라들었지만
그 잿더미 속에서
진짜 우정은 탄생했다
어느 날 갑자기 피어난 것이 아니라
작은 상처와 오랜 용서로
천천히 조용히 빚어진 것
함께 늙어간다는 건
결국 서로를 비추는 거울이 되는 일
나는 너에게서 내 과거를 보고
너는 나에게서 너의 미래를 본다

지금 이 순간
우리는 말없이 마주 앉아
서로의 늙어가는 손을 바라본다
그 안에 담긴 시간의 무늬가
더없이 아름답다

늦은 오후의 햇살처럼

우리의 이야기는
언제나 오후의 빛 같다
강렬하지 않지만 따뜻하고
짧지만 깊은 여운을 남기는

함께 늙어간다는 것은
조금씩 느려지는 걸음을 맞추는 일
상처를 피하는 대신
그 자리에 약초를 심는 일
젊은 날의 우정은 불같았지만
지금은 숯불처럼 은은하다
타오르지는 않아도
밤새 꺼지지 않고 곁을 데워주는 그런 존재
함께한 세월이
이젠 얼굴에 주름을 남기고
눈빛에 침묵을 심었지만
그 속엔 더 많은 이야기가 들려온다
인생의 진정한 가치는
결국 이런 순간에 있다
소박한 식탁 위, 마주 앉은 당신과의 한 끼
같은 하늘을 바라보며
오늘 하루를 무사히 견뎌낸 서로의 안부

누구도 보지 못할지라도
우리는 알고 있다
이 늦은 오후의 햇살이
얼마나 귀한 것인지를
그러니 조금 더 천천히 걸어가자

가는 길

수많은 길이 내 앞에 열려 있었고
나는 가장 반짝이는 길을 택했다
사람들은 그것을 성공이라 불렀지만
나는 점점 내 목소리를 잃어갔다
화려한 말들 빠른 발걸음
목표와 성과로 가득 찬 시간 속에서
내 마음은 점점 조용해졌고
웃음은 계산이 되었으며
침묵은 피로가 되었다

그러다 문득
작은 새 한 마리가 나뭇가지에 앉아
아무 목적 없이 노래하는 걸 보았다
그때 나는 멈춰 섰다
바람이 부는 들판
햇살이 물든 늦은 오후
소중한 사람과 나누는 뜨거운 찻잔
삶은 그렇게
가장 단순한 것 안에 숨어 있었다
진정한 가치는
높은 곳이 아닌 깊은 곳에 있었다
남보다 앞서가는 삶이 아닌
나답게 살아가는 삶에 있었다
이제 나는 묻지 않는다
무엇을 가졌는가가 아니라
무엇을 사랑했는가를
더디 가도 좋다
넘어져도 괜찮다
내가 나로서 살 수 있다면
그것이 곧 인생의 답이라 믿는다

다시 가는 길

처음엔 빠르게 걷는 자만이
먼 곳에 닿을 수 있으리라 여겼다
그래서 나는 달렸다
꿈이라는 이름으로 포장된
무수한 갈증 속에서 마구 달렸다
성공은 박수로 이루어졌고
사랑은 조건으로 계산되었다
삶은 누군가의 시선 속에서
조작된 연극처럼 이어졌다

그때 고요한 산길에서
낙엽 하나가 바람에 실려 떨어졌다
그 순간 나는 알았다
이토록 짧은 생이
무엇을 향해 질주하고 있었는지를
진정한 가치는
드러남에 있지 않고
깊이 잠긴 내면의 울림에 있다
빛나는 것은 밖이 아니라
내가 오랜 침묵 끝에 마주한
나 자신이었다
이제 나는
한 걸음 뒤에 있는 이의 숨결을 듣고
한 줄기 빛을 가만히 바라본다
빠르지 않아도 좋고
도착하지 않아도 괜찮다
나는 다시 걷는다
느리지만
진실한 발걸음으로

내가 놓치는 시간들

어느새 여름이 지나
가을이 왔다
거리의 무성한 잎들은 고개를 숙여가고
햇살은 또 조금씩 식어간다
달력 한 장 또 한 장
바람에 날리는 것처럼
내 삶도 그렇게
허겁지겁 넘겨지고 있다

분명 어제까지만 해도
어린 내 웃음소리가 방 안에 맴돌았는데
언제부턴가 거울 속 나는
낯선 주름을 하나씩 품고 있다
친구와 나눈 웃음도
엄마가 지어주던 밥 냄새도
늘 거기 있을 줄 알았건만
다들 바빠졌고 멀어졌고 잊혀졌다

시간은 묻지도 않고
내 손을 잡아끌고 달린다
잠깐, 숨 좀 고르자고 말하고 싶지만
세월은 그런 말 따윈 듣지 않는다
남겨진 건 사진 몇 장
쓸쓸한 메시지 알림음
그리고 아직 끝내지 못한
몇 개의 후회들뿐

나는 오늘도 서두르다 놓친 하루를
밤이 되어서야 아쉽게 바라본다
그래 세월은 빠르고
나는 느리다
그래서 더 사랑해야 하나 보다

내가 찾은 시간들

어느 날 문득
내가 누구인지
모르겠다는 생각이 들어서 나를 찾아 나섰다
누구를 위한 것도
인정을 받기 위한 것도 아닌
내가 나에게
고개 끄덕일 수 있기를 바라며
때로는 넘어졌고
어디쯤 와 있는지도 몰랐지만
조금씩 아주 조금씩
내 안의 목소리를
듣는 법을 배워갔다

그 목소리는 작고 흔들렸지만
거짓이 없었다
괜찮아 지금도 잘하고 있어
그 말이 들릴 때마다
나는 조금 더 나를 사랑할 수 있었다
존재의 가치는
거창한 일이 아니라
작은 나를 이해하고
어루만져 주는 일이라는 걸
나는 그제야 알았다

지금도 나는 걷고 있다
확신도 없고
때로는 다시 길을 잃기도 하지만
이 여정이 끝날 때쯤엔
적어도 나 자신에게
진심으로 말할 수 있기를
나로 살아줘서 고마워
그 말을 듣기 위해
나는 오늘도 나를 찾아간다

눈빛

- 이채민

주름진 시간이 내려앉은
굽은 등 능선

길게 뺀 목덜미 너머
스치는 그 눈빛

거칠게도
따뜻하게도
조용히 쌓여온 마음

그래
그래
그래...

목 끝이 뜨겁다

나

- 이채민

얇은 바람에도 날리는 종이 위에
붓질이 오고 가며
물감이 얹히다 보면
날리던 종이는 그림이 된다

삶도 종이 같아서
계절이 반복되고
웃음과 울음이 포개어져
이야기가 되는 것처럼

바위 틈을 가르고 피는 꽃
꽃잎을 흔드는 바람
바람을 스치는 새
모든 게 더해져 비로소 작품이 된다

섞여가는 색
채워져 가는 이 종이
그 속에 스며든 이야기들

내가 서 있다
그 종이 위에

분자를 찾아서

새벽 안개가
마음속을 천천히 덮어올 때
나는 조용히 나를 부른다
세상의 소음이 잠든 틈을 타
내 안의 속삭임을 듣는다
빛으로만 살아온 줄 알았지만
그늘이 없던 날은 없었고
웃음 뒤에는
말하지 못한 눈물들이 숨어 있었다
내 눈동자 속 깊은 어둠을
남몰래 바라보다
문득 깨닫는다 —
가장 멀리 있었던 이는
세상도, 타인도 아닌
바로 나였다는 걸
흔들렸던 날들
뒤돌아보지 못한 선택들
그 모든 시간이
지금의 나를 만들었다면
부디, 그 상처조차도
미워하지 않으리
달빛은 말없이 머물고
바람은 등을 밀어준다
그 조용한 격려 속에서
나는 나의 손을 처음으로 꼭 잡는다
성찰은
고독의 언어로 쓰인
가장 다정한 시

분모를 찾아서

세상은 수많은 타인의 시선으로
우리의 우정을 떼어 놓으려 했고
우리는 그 속에서 자신을
점차 잃어갔다

내면의 그림자들은 말이 없지만
그 존재는 분명하다
억눌린 감정 외면한 진실
기억 저편의 우리가
지금의 우리를 부르고 있다

우리는 살아 있는가
아니면 살아내고 있을 뿐인가?

존재란 단지 숨 쉬는 것이 아니라
스스로에게 책임지는 것
진실한 질문 앞에
도피 없이 머무는 것

고통과 외로움은
피해야 할 것이 아니라
나를 밝혀내는 도구임을
지금에서야 이해한다

끝없는 자기 탐구의 강을 건너며
우리는 점점 단순해진다
덧없음 속에서
유일한 본질로 수렴하는 우리

세상은 우리를 정의할 수 없고
우리는 더 이상 증명할 필요도 없다
우리는 그냥
우리 되기 위한 여정을 걷고 있다

공통분모를 찾아서

우리는 모두
다른 얼굴 다른 상처
다른 침묵을 품고
세월이라는 강을 건넌다
누구는 사랑으로
누구는 상실로
누구는 이름 모를 그리움 하나로
자신을 지탱해 왔다
젊음은 지나가고
몸은 느려지고
하루가 다르게 익어가는 인생 속에서
문득 바라본 얼굴들
그들은 나였고
나는 그들이었다

잔잔한 차 한 잔 앞에서
말없이 마주 앉은 우정
고요한 미소 하나에 담긴 위로
잊혀진 이름을 다시 부르듯
우린 서로를 되살린다
결국 삶은 숫자의 계산이 아니라
마음의 공통분모를 찾는 일
외로움 속에서
함께였던 순간을 떠올릴 때
그것이 곧 우리의 해답이었다
지나온 날들의 무게가
우리 안에서 겹치고
묵직한 사랑으로 녹아내릴 때
우리는 비로소
하나의 문장을 완성한다
나도 너처럼 살아왔구나

작가 소개

민화 작가 이채민은 1969년생으로, 야촌 윤인수 선생님에게 사사하였으며, 현재 서울과 경기도를 중심으로 작품 활동을 이어가고 있다.

1966년생인 Cécilc LEE는 프랑스에서 불문학과 언어학을 전공한 후, 현재 프랑스에서 번역가이자 작가로 일하고 있다.